This is a work of fiction. Similarities to real people, places, or events are entirely coincidental.

KOLEKSI CERITA HANTU KOREA

First edition. June 20, 2025.

ISBN: 979-8231205172

Written by Jack P Sri.

Isi Kandungan

Koleksi Cerita Hantu Korea

Bayangan Ekor Sembilan

Musim luruh menyapu Bukchon dengan dingin yang mencengkam hingga ke tulang. Daun-daun gingko menguning dan luruh perlahan, menutupi batuan jalan lama seperti permaidani emas yang muram. Jinwoo berjalan sendirian, tangannya terseluk dalam kot, mata meliar ke kiri dan kanan seperti mencari sesuatu. Atau seseorang.

Sudah seminggu dia kembali dari Amerika. Kepulangannya bukan kerana rindu atau nostalgia, tapi kerana mimpi yang berulang—seorang wanita berpakaian putih memanggil namanya dari bawah sebatang pokok gingko berdarah. Dalam mimpi itu, dia hanya memandangnya. Wanita itu tersenyum. Dan di sebalik senyuman itu, sesuatu yang wujud jauh lebih lama daripada manusia sedang memerhatikannya.

Hari itu, ketika matahari hampir tenggelam, dia berjalan di lorong kecil yang jarang dilalui pelancong. Lorong itu sepi, seakan tidak wujud di dalam peta. Hujungnya membawa ke halaman sunyi dengan pokok gingko tua yang menjulang bisu di tengah-tengahnya. Dan di bawahnya, duduk seorang wanita—rambut hitam terurai, kulit seputih lilin, dan mata yang... terlalu hidup.

"Jinwoo," katanya, suaranya seperti bisikan angin yang menyentuh bahu.

Dia tidak bertanya bagaimana wanita itu tahu namanya. Dia hanya duduk di sebelahnya dan ketika dia menoleh, daun-daun di atas seperti berhenti bergerak. Masa terasa melambat.

Namanya Seyeon, katanya. Dia tinggal tidak jauh, di sebuah rumah kayu lama yang tersorok di balik dinding batu. Rumah itu seperti diragut dari masa lalu—semua dalamnya masih seperti era Joseon, sunyi, terlalu bersih dan terlalu tenang. Di atas para, ada cermin lama yang ditutup kain putih.

"Ada sebab cermin tidak boleh memantulkan sesuatu yang bukan miliknya," kata Seyeon sambil menuangkan teh.

Sejak hari itu, Jinwoo sering kembali. Ada sesuatu tentang Seyeon yang menarik seperti pusaran yang perlahan-lahan menelannya. Dia tidak makan. Tidak pernah menyentuh apa-apa selain teh hijau. Dan selalu berbicara dengan bahasa yang sangat formal seperti pelakon yang lupa bahawa dunia telah berubah.

Suatu malam dia bermimpi dirinya berada di tengah hutan, dikelilingi bayang-bayang putih yang menjelma menjadi rubah—sembilan ekor semuanya. Mereka mengelilinginya dengan mata yang bersinar merah. Dan dari antara mereka, Seyeon muncul, wajahnya pucat, matanya kini berwarna kuning keemasan, dan di tangannya... seketul jantung manusia yang masih hangat.

Dia terjaga dalam peluh dingin. Di luar tingkap, dia melihat sekelibat bayang putih melintas di halaman—cepat, senyap dan tidak mungkin manusia.

Pagi itu, dia cuba menyelidik perkara itu. Di perpustakaan lama, dia menemui satu bab kecil dalam buku kepercayaan rakyat Korea tentang Gumiho—rubah ekor sembilan yang boleh berubah menjadi wanita cantik untuk memikat lelaki dan memakan hati mereka untuk menjadi manusia sepenuhnya. Mitos yang terkenal... tapi tiada siapa benar-benar percaya.

Sehinggalah semua yang dibaca mula selari dengan Seyeon.

Dia kembali ke rumah kayu itu, tekad untuk bertanya. Tapi rumah itu lebih sunyi dari biasa. Tiada bunyi. Tiada cawan teh. Hanya cermin yang kini terdedah, menampakkan pantulan bilik—kecuali dirinya. Dia tidak kelihatan. Tapi di sudut kanan, ada bayang lain... sesuatu sedang memandangnya balik dari dalam cermin, walaupun tiada sesiapa di belakang.

Seyeon muncul dari dapur. Wajahnya tenang. Tapi mata itu... kini jelas bersinar samar kekuningan. Dia tidak senyum. Dia tidak bercakap. Dia hanya berjalan perlahan ke arahnya dan berkata perlahan:

"Jantungmu terlalu kuat. Tapi hatimu belum ikhlas."

Jinwoo cuba melangkah ke belakang, tapi kakinya berat. Bukan kerana takut—kerana dia tidak mampu. Lantai terasa seperti memegangnya. Suhu bilik merosot tiba-tiba, nafasnya keluar berkabus.

Seyeon berhenti satu langkah dari wajahnya.

"Aku perlukan hanya satu lelaki yang benar-benar mencintaiku untuk aku bebas dari bentuk ini."

"Kenapa aku?" suaranya pecah dan tubuhnya menggeletar.

"Kerana kau datang dari mimpi, tempat aku terperangkap sejak dua ratus tahun."

Tangan Seyeon menyentuh dadanya. Hangat... lalu panas... lalu tajam. Jinwoo menjerit, tapi tiada bunyi keluar. Dia lihat wajah Seyeon berubah—giginya tajam, matanya menyala, dan ekor putih mulai menjulur dari punggungnya, satu demi satu, sembilan semuanya, berayun perlahan seperti ular yang sabar menunggu mangsa jatuh.

Ketika kesedaran Jinwoo semakin kabur, dia sedar sesuatu. Seyeon menangis. Tapi air matanya bukan air—ia darah yang pekat, menitik ke pipinya, ke lantai, dan ke hatinya yang semakin sejuk.

Dan sebelum semuanya gelap, dia terdengar bisikan:

"Maafkan aku, Jinwoo. Aku benar-benar berharap kau orangnya..."

Esoknya, halaman pokok gingko itu sepi seperti biasa. Tapi dari jauh, seseorang melihat seekor rubah putih duduk tenang di bawah pokok itu, menatap langit jingga senja dan kemudian hilang, bagai kabus yang malu kepada cahaya.

Arang dan Majistret

Hujan turun sejak senja, menyapu tanah kampung kecil di Ulsan hingga jalan menjadi lumpur dan bau lembap memenuhi udara. Petir sesekali menyambar, memecah kesunyian yang menyesakkan. Di tengah ribut malam itu, seorang lelaki berpakaian rasmi Joseon—majistret muda bernama Yi Seon menunggang kuda menuju ke bangunan balai kerajaan yang baru dia ditugaskan jaga. Ini kawasan baru baginya, kampung terpencil yang penuh dengan bisikan lama dan rahsia yang ditanam bersama tanah merahnya.

Sebaik tiba di perkarangan pejabat, pelayan tua yang menyambutnya hanya berkata sepatah dua, matanya gelisah memandang ke arah sebuah bilik lama yang pintunya digam dengan kertas jampi dan tali rami. Yi Seon tidak bertanya. Dia keletihan dan ingin berehat. Tapi malam itu, dia tidak tidur.

Di luar tingkap, seseorang menangis. Suara perempuan. Lembut... tetapi memilukan. Dia bangun, melangkah ke tingkap. Tiada siapa. Tapi air matanya sendiri mengalir entah mengapa. Dada terasa berat. Seperti merasai kesedihan yang bukan miliknya.

Keesokan pagi, dia bertanya kepada pelayan tentang suara itu. Lelaki tua itu ketakutan, menolak untuk menjawab. Cuma satu nama yang disebutnya: Arang.

Ia bermula sebagai bisikan, seperti angin yang tidak diketahui dari mana datangnya. Nama Arang diulang-ulang oleh penduduk tempatan. Ada yang menyebutnya dengan kasihan. Ada dengan benci. Dan ramai yang langsung menolak bercakap.

Akhirnya, Yi Seon bertemu dengan sami tua yang tinggal di kuil kecil di hujung kampung. Di situlah dia mendengar kisah sebenar.

Arang, seorang gadis bangsawan muda, anak kepada majistret terdahulu. Dia cantik, pintar dan disayangi ramai. Tapi satu malam, dia hilang secara tiba-tiba. Beberapa hari kemudian, tubuhnya ditemui dalam keadaan mengerikan di hujung tebing. Pakaiannya koyak, kulitnya hancur dimakan binatang liar dan wajahnya hampir tidak dikenali. Dikatakan sebelum kematiannya, dia telah menolak lamaran seorang lelaki bangsawan tempatan yang berpengaruh—dan kerana itu, dia 'dihilangkan'. Tapi tiada siapa berani menyiasat.

Sejak malam kematiannya, semua majistret yang dilantik ke kampung itu tidak kekal lama. Setiap seorang menemui ajal secara tragis. Ada yang tergantung diri. Ada yang mati dalam tidur dengan mata terbuka. Dan ada yang hilang—lenyap tanpa kesan.

Tapi sebelum mati, mereka semua sempat berkongsi satu perkara: mereka mengadu tentang seorang gadis berpakaian putih yang muncul di bilik tidur mereka, menangis, dan berkata dengan suara yang pecah-pecah:

"Siapa bunuh aku?"

Yi Seon tidak gentar. Mungkin kerana dia terlalu muda atau terlalu yakin akan keadilan. Malam itu, dia menunggu. Duduk di tengah bilik, dengan lilin menyala. Pintu dikunci. Cermin ditutup. Dan pada jam ketiga pagi, dia terasa angin memasuki bilik... walaupun semua jendela tertutup rapat.

Dia mendengar bunyi langkah. Halus. Perlahan. Dan dari sudut bilik yang gelap, seorang gadis muncul. Rambut panjang menutup wajahnya. Hanbok putih yang lusuh. Kakinya tidak menyentuh lantai. Dia melayang ke arahnya, kemudian berhenti beberapa langkah darinya.

"Siapa... bunuh aku?"

Suara itu bukan hanya suara. Ia seperti bergema dalam tengkorak Yi Seon, menggoncang seluruh tulangnya. Tapi dia tidak lari. Dia tidak menjerit. Sebaliknya, dia menjawab, tenang:

"Aku tak tahu. Tapi jika kau beri aku masa... aku akan cari."

Gadis itu diam. Angin berhenti. Api lilin berkelip dan padam. Dan dalam gelap, suara itu berkata, sangat perlahan:

"Aku tunggu... sebelum mereka menunggu aku."

Keesokan hari, Yi Seon mula menyiasat. Satu demi satu penduduk kampung disoal. Fail-fail lama dibuka. Dia menjumpai nama lelaki bangsawan itu: Kim Yoonbeom, kini seorang hartawan dengan tentera peribadi dan pengaruh besar. Tapi Yi Seon tidak gentar. Dia menghantar waran penangkapan.

Tiga hari kemudian, tubuh Kim Yoonbeom ditemui tergantung di halaman rumah agamnya. Di dadanya, tertulis dengan darah:

"Saya mengaku. Saya buang dia ke tebing."

Malam itu, Yi Seon menunggu. Tapi tidak ada angin. Tidak ada suara. Hanya sejuk yang beransur hilang dari biliknya. Dan ketika dia bangun keesokan pagi, dia lihat sesuatu tergantung pada gagang pintu—seutas pita rambut lama, disulam dengan benang emas, penuh habuk... dan darah yang sudah lama kering.

Arang tidak pernah muncul lagi. Tapi di kampung itu, setiap kali hujan turun pada malam yang sejuk, orang masih mendengar suara tangisan perlahan dari tepi tebing—tangisan yang bukan lagi meminta tolong... tapi mengucapkan terima kasih.

Putih di Hujung Lorong

Lorong itu sentiasa kosong selepas jam sepuluh malam. Penduduk setempat tahu — walau jalan itu yang paling dekat ke stesen, mereka sanggup berjalan memutar semata-mata untuk mengelak satu bahagian gelap yang sempit antara dua bangunan tua. Di situ, pernah berlaku pembunuhan pada tahun 1992. Seorang wanita muda — pelajar universiti — dijumpai tergantung pada paip gas, tanpa kasut, tanpa nota dan dengan wajah yang tidak dapat dikenal pasti akibat ketakutan yang membeku.

Sejak itu, lorong itu diberi nama tak rasmi oleh penduduk setempat: Lorong Putih.

Harin, seorang pelajar perempuan dari luar bandar yang baru menyewa bilik di kawasan itu, tidak tahu. Dia hanya tahu itu jalan pintas ke stesen. Dan malam itu, selepas belajar lewat di perpustakaan, dia bergegas pulang, hujan gerimis membasahi rambutnya. Earphone di telinga, payung di tangan, dia menapak laju... hinggalah sampai di lorong itu.

Langkahnya perlahan. Ada sesuatu pada lorong itu yang membuatnya resah. Ia bukan lorong paling gelap tapi suasananya berat. Bau basahnya tidak seperti bau hujan. Ia berbau seperti rambut terbakar. Harin memandang ke depan dan terus berjalan. Telinganya masih disumbat lagu balada sedih.

Namun, tiba-tiba lagu itu terhenti. Diganti dengan dengungan. Seolah-olah radio rosak. Dia membuka telefon. Tiada signal. Skrin beku. Dan dari hujung lorong—dari tempat bayang-bayang mengumpul seperti lumpur hitam—dia nampak seseorang berdiri.

Seorang wanita.

Rambutnya panjang menutupi wajah. Bajunya hanbok putih lusuh, kuyup oleh gerimis. Kaki tidak beralas. Tangan tergenggam di sisi, diam.

Harin terdiam. Payungnya sedikit bergetar. Dia ingin berpatah balik, tapi entah mengapa kakinya terus melangkah, perlahan... seolah-olah hatinya sudah tidak dalam kawalan. Wanita itu tidak bergerak, tidak berkata apa-apa. Hanya berdiri. Tapi semakin Harin mendekat, semakin lorong itu senyap. Hujan sudah tidak berbunyi. Dunia seolah-olah masuk ke dalam ruang kaca.

Ketika dia hanya beberapa meter dari wanita itu, wanita itu angkat kepala. Perlahan.

Wajahnya pucat. Bibirnya biru. Matanya... hitam penuh, tiada bebola putih. Tiada pantulan cahaya. Dan dari mulutnya, keluar suara serak seperti daun kering diseret:

"Kau tahu... rasa mati sebelum mati?"

Harin cuba menjerit, tapi mulutnya tidak terbuka. Dia ingin lari, tapi tubuhnya membatu. Wanita itu mendekat. Satu langkah. Dua langkah. Bau rambut terbakar memenuhi udara. Dan kemudian, sesuatu yang sejuk menyentuh dahi Harin.

Dia pengsan.

Harin tersedar di hospital. Doktor kata dia pengsan di tengah jalan. Seorang tua yang menjual **tteokbokki** menjumpainya, menggigil dalam hujan, mata terbuka luas, tak sedarkan diri. Tiada luka. Tiada trauma fizikal. Tapi setiap malam selepas itu, Harin tidak dapat tidur dengan lampu tertutup.

Dia selalu dengar ketukan perlahan di jendela. Walaupun biliknya di tingkat empat.

Dia pasang kamera. Suatu malam, dia beranikan diri membuka rakaman. Apa yang dia lihat: bayang seorang wanita berdiri di hujung katilnya, hanya memerhati... rambut menutup wajah, tangan tergenggam di sisi.

Harin berpindah ke rumah baru. Lorong itu dia tak lalu lagi.

Tapi tujuh bulan kemudian, seorang pelajar lelaki dari universiti yang sama ditemui mati gantung diri di lorong yang sama. Tanpa kasut. Dengan telefon membeku di tangan.

Dan setiap kes baru, ada saksi yang mengaku nampak seorang wanita berpakaian putih, berdiri diam seolah-olah menunggu seseorang yang tidak pernah muncul tepat pada waktunya.

Kepala yang Hilang

Ada satu bangunan tinggal di kawasan luar bandar Namyangju yang tidak pernah dibersihkan walaupun ia milik kerajaan tempatan. Ia dulunya hospital kecil semasa era kolonial Jepun. Kini, hanya dinding reput dan lantai berlumut yang tinggal. Tapi bukan kerana reput ia tidak disentuh. Tetapi kerana ia dihuni oleh sesuatu yang tidak sempurna.

Pada tahun 2018, sekumpulan pelajar tahun akhir dari universiti seni di Seoul datang untuk merakam dokumentari **urban exploration*** mereka. Kononnya untuk projek akhir tahun bertajuk Ruang Terbiar, Jiwa Terperangkap. Empat orang: Jiwoo, Daeun, Minseok dan Youngho. Mereka tiba sekitar jam 3 petang dan menjelajah bangunan itu dengan penuh semangat. Dinding berlumut, grafiti lama, dan longgokan alat perubatan rosak memberi suasana yang mereka inginkan.

***Urban Exploration (atau urbex) melibatkan penerokaan struktur buatan manusia, selalunya bangunan terbiar atau bahagian tersembunyi dalam persekitaran bandar. Ia adalah hobi yang menggabungkan fotografi, minat sejarah dan rasa pengembaraan, kadang-kadang melibatkan pencerobohan ke kawasan persendirian.**

Tapi Jiwoo menjumpai sesuatu yang lain.

Di bilik paling hujung, yang dulunya bilik bedah, ada tanda bulat berkarat di lantai, seakan tompok darah lama. Dan di dinding, terukir dengan paku: "Di sini, kepala ku ditinggalkan."

Minseok ketawa. "Marketing horror style," katanya sambil merakam video. Tapi Daeun berasa tidak keruan. Udara di dalam bilik itu berat dan lembap. Seperti menyedut kabus pekat yang tidak mahu masuk ke paru-paru.

Youngho ketuk lantai dengan tripod. Ia berbunyi hampa—kosong. Mereka menyedari lantai di bawahnya adalah ruang tersembunyi.

Dengan semangat keterujaan, mereka membuka lantai papan itu. Bau busuk tiba-tiba meluncur keluar, membuatkan Jiwoo terbatuk kuat.

Di dalamnya—kotak kayu kecil berbalut kain putih, digam rapi.

Mereka tidak membuka kotak itu di situ. Jiwoo membawanya balik ke bilik sewanya. Katanya, ia akan jadi "relic prop" yang sempurna untuk dokumentari mereka. Tapi malam itu, dia tidak menjawab mesej. Tidak angkat panggilan. Paginya, Youngho dan yang lain datang ke rumah Jiwoo. Pintu tidak berkunci.

Di dalam, semua perabot tunggang-langgang. Seperti sedang mencari sesuatu. Dan di tengah bilik—kotak kayu itu terbuka. Kosong. Tiada apa-apa. Cuma kesan darah kering di dasar kotak dan satu nota ditulis dengan tulisan kasar:

"Aku ambil dia... kini aku ambil kamu semua."

Tiada tanda Jiwoo. Tapi bilik mandinya basah kuyup dengan air dan lumut. Dan cermin bilik retak, seolah-olah seseorang menghentak kepalanya ke situ... berulang kali.

Dalam minggu-minggu seterusnya, satu demi satu yang lain turut diganggu. Daeun sering melihat bayang lelaki tanpa kepala dalam cermin belakang keretanya. Minseok bangun setiap malam dengan luka panjang di lehernya. Youngho... hilang terus selepas menghantar voice note terakhir:

"Dia berdiri di luar bilik aku. Aku dengar nafas... tapi tiada wajah. Tiada kepala... tapi dia bercakap terus dalam kepala aku. Aku tak tahu macam mana—"

Rakaman berhenti.

Tiada siapa selamat. Daeun yang terakhir. Dia cuba buang kotak itu di sungai Han. Tapi setiap malam, dia mimpi dia tenggelam dalam air—dan sesuatu dari dasar menariknya turun sambil mencakar lehernya, seolah-olah cuba menanggalkan kepalanya dengan jari.

Sebelum hilang, Daeun menulis nota terakhir dalam jurnal peribadinya:

"Dia bukan mahu untuk balas dendam. Dia cari kepala baru."

Sejak itu, hospital tinggal itu diwartakan sebagai zon larangan. Tapi mereka yang degil dan cuba masuk, sering keluar dengan kelakuan ganjil—mereka tidak bercakap, tidak menjawab, dan sentiasa menyentuh leher sendiri... seolah-olah ingin pastikan kepala mereka masih ada.

Roh Di Persimpangan

Langit malam itu tidak hitam tapi kelabu suram seperti kapas kotor. Hujan belum turun tapi bau tanah basah sudah mula naik dari jalan kampung yang berliku-liku. Seorang pemandu teksi bernama Seungjae, lelaki pertengahan usia yang sering ambil laluan luar bandar untuk menjimat masa sedang memandu di daerah Uiryeong—satu kawasan pedalaman yang tidak banyak kereta melaluinya selepas jam 10 malam.

Seungjae sudah biasa dengan jalan-jalan sunyi. Dia tidak takut hutan, tidak gentar lorong sempit. Tapi malam itu, ada sesuatu pada udara yang membuatkan jari-jemarinya menggenggam stereng lebih kuat. Radio yang biasanya memecahkan kesunyian hanya mengeluarkan bunyi statik dan lampu jalan kelihatan seperti menjauh setiap kali dia menghampiri.

Waze menunjukkan jalan pintas melalui persimpangan tua yang tidak dinamakan. Tapi penduduk tempatan menyebutnya Samgeori Terlupa, persimpangan tiga yang dikatakan tidak wujud dalam peta rasmi. Seungjae tidak peduli. Masa adalah wang. Dia membelok masuk.

Di sinilah semuanya bermula.

Dari jauh, dia lihat seseorang berdiri di tengah jalan. Wanita berbaju putih dengan rambut panjang menutupi wajah. Seungjae membrek kuat, hampir melanggar.

"Ahjumma! Gila ke berdiri tengah jalan malam-malam?!"

Wanita itu tidak bergerak. Perlahan, dia mengangkat tangan, menunjuk ke kiri.

Seungjae turun dari kereta. Langkahnya berat, seperti udara sendiri menolak. Bila dia hampir, dia sedar wanita itu tiada wajah. Bukan kerana gelap. Memang tiada wajah—rata, licin seperti patung tanpa ukiran.

Dia menjerit, berpatah balik ke kereta dan memecut. Tapi selepas beberapa minit, dia kembali ke persimpangan yang sama.

Wanita itu masih di situ. Menunjuk ke kiri.

Seungjae cuba ke kanan. Sama. Dia kembali ke tempat itu.

Tiga kali. Empat kali.

Hingga dia tidak tahu berapa lama dia terperangkap. Petrol hampir habis. Telefon tiada signal. Jam di dashboard berhenti bergerak—tepat pukul 2:13 pagi.

Akhirnya, dia keluar semula dari kereta. Tapi wanita itu tiada. Jalan gelap. Hutan senyap. Seungjae melangkah ke tengah simpang, cuba menjerit, tapi suara tidak keluar. Dia rasa dada menekan. Telinga berdesing.

Dan dari belakang—suara wanita itu akhirnya bersuara, pertama kali:

"Kau tidak pilih... jalan siapa. Kau langgar... jalan aku."

Dia pusing. Dan di hadapannya kini berdiri ramai... puluhan bayang manusia, semuanya berdiri di pinggir simpang, mata hitam memerhati, wajah pucat, sebahagian tiada kepala, sebahagian lain dengan lubang besar di dada atau lidah terjulur panjang hingga ke perut.

Seungjae cuba lari, tapi setiap kali dia melangkah, jalan di hadapannya menjadi lumpur. Tangannya ditarik oleh sesuatu dari tanah. Dan saat dia rebah, dia lihat satu-satunya cahaya datang dari keretanya yang perlahan-lahan tenggelam dalam bayang-bayang.

Dia terbangun di tempat duduk pemandu. Wajahnya berpeluh. Nafas tercungap. Tapi sekelilingnya... siang. Polis dan orang kampung berdiri di sekeliling keretanya, yang berhenti di tengah simpang. Mesin enjin mati. Radio masih statik.

Seungjae dibawa ke hospital. Mereka kata dia hilang selama tujuh hari, walaupun menurut jam tangannya, hanya beberapa jam berlalu. Tapi selepas malam itu, dia tidak pernah memandu lagi. Tidak pernah bercakap banyak. Tidak pernah keluar waktu malam.

Dan kadang-kadang, bila dia termenung terlalu lama, orang akan lihat dia melakar bentuk simpang tiga di udara dengan jarinya—perlahan-lahan, berulang-ulang sambil bibirnya membisik sesuatu dalam bahasa yang tiada siapa faham.

Masa yang Terbalik

Orang kata, saat kematian menghampiri, waktu terasa perlahan. Tapi bagi Junho, waktu tidak perlahan — ia terhenti sepenuhnya.

Malam itu, dia memandu pulang lewat dari pejabat. Hujan renyai turun membasahi lebuh raya. Lagu klasik radio berbunyi perlahan, menenangkan kepalanya yang kusut. Ia hari yang panjang — tapi bukan kerana kerja. Dia baru saja melepaskan ibunya ke rumah penjagaan tanpa mengucapkan selamat tinggal. "Aku akan datang minggu depan," katanya. Bohong kecil untuk melegakan hatinya sendiri.

Tapi semuanya berhenti sebaik matanya memandang ke cermin sisi. Seorang lelaki berjubah hitam sedang duduk di tempat duduk belakang, diam, tidak bergerak, wajahnya tidak kelihatan.

Junho brek mengejut. Kereta berpusing dan terhenti di bahu jalan. Dia berpaling namun tiada siapa di belakang.

Dia ketawa, cuba memujuk diri. "Penat sangat."

Tapi jam keretanya berhenti. Tepat pukul 1:44 pagi. Radio berbunyi statik. Dan telefon bimbitnya tidak hidup walau dicucuk ke pengecas. Dunia seakan-akan membeku.

Junho keluar, berjalan ke tengah jalan untuk mendapatkan signal. Tapi jalan kosong. Langit mendung, dan bintang lenyap. Suasana terasa... terlalu senyap. Bukan senyap biasa, tapi kosong. Seperti dunia ini hanya ada dia. Dan sesuatu yang sedang memerhatikannya.

Kemudian, lelaki berjubah hitam itu muncul kembali — kali ini, berdiri di tengah jalan.

Dia tidak ada wajah. Cuma hitam pekat dari tengkuk ke dagu, dan dalam tempat yang sepatutnya ada mata, hanya ruang kosong, seperti lubang tidak berpenghujung.

"Junho," suaranya bukan suara — ia bunyi yang terus bergema dalam kepala. "Waktumu tamat."

"Tamat? Aku belum... aku sihat! Aku belum... belum bersedia!"

"Tiada yang benar-benar bersedia," jawab suara itu. "Kau sudah dipilih. Masa kau sekadar diberi pinjam. Kini, aku hanya datang mengambilnya."

Junho cuba lari ke keretanya. Tapi tayarnya tenggelam ke dalam jalan. Seperti jalan itu kini cair dan memakan semua benda. Dunia sekelilingnya berubah perlahan — papan tanda jalan hilang huruf, bangunan di kejauhan runtuh dalam senyap, dan langit menghitam seperti tertelan malam.

Dia rebah, lututnya lemah. Dalam hati, dia jerit memanggil ibunya. Menyesal. Terlalu banyak yang belum dia buat.

"Berilah aku satu lagi peluang..." rayunya.

Junho berdiri diam.

Kemudian... waktu terbalik.

Bunyi radio kembali. Hujan turun. Bunyi kereta di lebuhraya kedengaran.

Junho membuka mata — dia di hospital. Doktor kata dia selamat dari kemalangan besar. Hampir mati. Tidak ada patah, hanya gegaran otak ringan. Tapi sesuatu berubah.

Sejak hari itu, tiap malam pada jam 1:44 pagi, Junho terjaga — dan di penjuru bilik, ada bayang berjubah hitam memerhati dari kegelapan. Tidak mendekat. Tidak bercakap.

Hanya memerhati.

Seolah-olah mengingatkan dia:

"Waktu itu bukan hadiah. Ia adalah pinjaman. Dan aku akan datang semula."

Kakak di Langit Merah

Di atas bukit kecil di daerah Gyeonggi, tersergam sebuah rumah hanok lama yang diwarisi turun-temurun sejak zaman Joseon. Rumah itu sunyi sekarang. Bumbungnya masih kukuh, tetapi lantai kayunya mengeluarkan bunyi rintih setiap kali dipijak. Pokok-pokok di sekeliling seperti membentuk dinding yang menyembunyikannya dari dunia luar. Hanya satu keluarga tinggal di situ — seorang lelaki tua bernama Tuan Kim, bersama isteri keduanya dan anak lelaki tunggal mereka.

Isteri pertama Tuan Kim sudah meninggal dunia dua dekad lalu selepas melahirkan anak ketiga. Dua anak perempuannya, Janghwa dan Hongryeon, dibesarkan dalam rumah itu sebelum dihantar ke asrama semasa remaja dan akhirnya... hilang hubungan.

Cerita rasmi yang beredar dalam kalangan jiran dan sanak saudara ialah: kedua-duanya mati lemas semasa lawatan ke tasik kampung ibu mereka. Jasad mereka ditemui selepas tiga hari hanyut.

Tapi tidak ada pengebumian terbuka. Tidak ada upacara penuh. Dan sejak itu, rumah itu menjadi semakin sepi.

Tahun ini, buat pertama kali, anak lelaki Tuan Kim yang bernama Hojin kembali ke rumah pusaka selepas belajar di luar negara. Wajahnya bersih, bijak dan yakin, tetapi malam pertama di rumah itu, dia terjaga dengan perasaan ganjil. Dia terdengar bunyi seretan dari ruang tamu. Bila dia menjenguk, tiada siapa. Tapi tikar jerami yang biasa digulung, kini terbuka—dan di atasnya, kesan dua tapak kaki kecil yang basah.

Keesokan hari, dia bertanya pada ayahnya.

"Adakah benar kakak-kakak saya mati di tasik?"

Tuan Kim senyap lama. Dia menjawab akhirnya, "Ada perkara yang tak perlu dikorek semula, Hojin."

Ibu tirinya, wanita yang dingin dan licik, hanya tersenyum nipis bila Hojin cuba menyoal lebih lanjut. Tapi pelayan tua yang masih setia menjaga rumah itu, Makcik Yoon, menghulurkan sekeping foto lama lewat malam itu. Ia gambar dua gadis kecil dalam hanbok putih. Di belakangnya, tertulis nama dan tarikh lahir: Janghwa dan Hongryeon.

Malam kedua, Hojin bermimpi.

Dalam mimpi itu, dia sedang berdiri di halaman rumah semasa senja. Langit merah darah, dan dua budak perempuan berdiri di tepi perigi lama yang kini ditutup dengan papan. Mereka memandangnya namun tidak berkata apa-apa. Tapi mata mereka basah. Rambut mereka menutup separuh muka, dan baju putih mereka basah seperti baru keluar dari air.

Bila dia cuba melangkah ke arah mereka, mimpi itu terus hancur menjadi hitam.

Dan sejak malam itu, dia mula melihat mereka tapi bukan lagi sekadar dalam mimpi.

Di cermin bilik air. Dalam tingkap gelap saat lampu dipadam. Di bayang dinding waktu malam. Mereka tidak menakutkan, tidak menyerang. Tapi mereka muncul — setiap malam. Menanti sesuatu.

Hojin mula menyiasat.

Dia pergi ke balai polis kampung. Fail kehilangan dan kematian kedua kakaknya penuh dengan lubang. Tidak ada laporan lengkap. Tiada rekod pengebumian rasmi. Bahkan tasik yang disebut dalam kematian mereka tidak pernah wujud di kawasan itu.

Dia kembali dan bertanya kepada Makcik Yoon sekali lagi. Kali ini, wanita tua itu menangis.

"Mereka dibunuh. Oleh ibu tiri kamu. Dihumban ke dalam perigi lama di belakang rumah... dan ditutup semula dengan papan. Ayah kamu... dia tahu. Tapi dia pilih diam."

Perigi itu. Perigi dalam mimpinya. Masih ada di belakang rumah. Ditutup dengan kayu rapat dan dipaku, seolah-olah menutup sesuatu yang mahu keluar.

Malam itu, Hojin membawa tukul dan lampu suluh. Dia pergi ke perigi itu seorang diri. Papan kayu rapuh. Paku sudah karat. Bila dia tarik satu-persatu, bau busuk tanah yang terlalu lama tersembunyi mula naik.

Dan ketika papan terakhir dibuka... udara sejuk keluar dari dalam. Seperti nafas roh yang terperangkap terlalu lama.

Di dalam lubang gelap itu, dia lihat dua jasad kecil masih berpakaian putih, tangan terikat, rambut membelit leher mereka sendiri, tubuh seolah-olah mereka mati cuba menyelamatkan satu sama lain.

Dia menjerit. Dan malam itu, rumah itu tidak tidur.

Ibu tirinya menjerit dan mengamuk seperti dirasuk. Matanya merah, mulutnya berbuih. Tuan Kim rebah dan terus pengsan. Dan Makcik Yoon membaca doa-doa lama yang tiada siapa lagi hafal.

Dalam malam yang penuh ribut itu, dua gadis kecil muncul di tengah ruang tamu, berjalan perlahan, basah, dan hanya memandang ke arah ibu tiri mereka. Tanpa suara. Tanpa jeritan. Tapi tubuh wanita itu seperti terbakar dari dalam, melontarkannya ke dinding, rebah kaku dengan mata terbeliak.

Tuan Kim menangis selama dua hari dua malam. Tidak makan. Tidak bercakap. Dia hanya menulis nota dan menyerah diri ke polis tempatan.

Hojin... dia lakukan yang sepatutnya. Upacara pembebasan roh dilakukan. Keranda kayu kecil disediakan. Tulang-temulang dikumpulkan, dibersih dan dikafan. Dan buat pertama kali, kedua-dua kakaknya diberikan pengebumian yang layak. Di tanah yang tinggi, di bawah langit merah tempat senja terakhir mereka.

Semasa upacara, langit cerah. Tapi beberapa saksi kata mereka lihat dua kelibat gadis duduk di batu nisan mereka sendiri, tersenyum.

Dan selepas itu — rumah itu menjadi kosong. Tapi tidak lagi sunyi.

Kerana dalam setiap bisikan angin yang lalu di celah tingkap, kedengaran suara lembut... dua suara... menyanyi lagu kanak-kanak lama, perlahan.

Dan kemudian — senyap. Tenang. Akhirnya.

Jalan Ketiga

Tiada siapa suka memandu malam-malam di daerah Paju, lebih-lebih lagi melalui Simpang Byeolju — persimpangan tiga yang tak tercatat dalam GPS dan dikatakan hanya wujud untuk mereka yang "terpanggil." Kebanyakan pemandu lori akan memintas jauh, walaupun mereka terpaksa membelanjakan lebih masa dan minyak. Tapi Eunjae, penghantar barangan makanan beku, bukanlah jenis yang percaya benda ghaib. Bagi dia, cerita hantu hanyalah cara orang lama menakutkan budak kecil.

Malam itu, dia perlu buat penghantaran ke restoran kecil di kawasan luar bandar. Jam sudah pukul 12:22 malam. Peta di telefon menunjukkan jalan pintas melalui kawasan ladang lama dan simpang kecil. Dia ikut saja. Tapi aneh, tiada lampu jalan, tiada rumah, hanya barisan pokok dan jalan yang makin lama makin sunyi. Dia pasang radio, tapi saluran semuanya hilang. Telefon pula kini tidak ada signal.

Bila dia sampai di simpang tiga itu, keretanya berhenti sendiri. Enjin masih hidup, tapi kereta seolah-olah berat. Dia lihat ke depan — tiga lorong gelap memanjang, satu ke kiri, satu ke kanan, satu lagi lurus ke depan. Di tepi simpang, berdiri pondok telefon awam usang, yang seolah-olah langsung tidak wujud di zaman ini.

Ketika dia termenung, telefon bimbitnya tiba-tiba menyala semula. Tapi bukan dengan notifikasi biasa — hanya satu mesej:

"Pilih jalan yang tiada nama. Jika salah, mereka akan bawa kau pergi."

Eunjae ketawa kecil. Dia fikir ada prankster pasang sesuatu dalam keretanya. Tapi mesej itu menghantui fikirannya. Dia tengok semula simpang itu. Ketiga-tiga jalan itu memang tiada papan tanda. Dia mula rasa tak sedap hati.

Tiba-tiba, lampu tinggi keretanya menyuluh sesuatu — seorang wanita, berdiri di tengah jalan yang lurus. Bajunya putih. Rambut panjang menutupi muka. Dia tidak bergerak. Hanya berdiri, kaku.

Eunjae membunyikan hon. Tapi wanita itu tidak lari.

"Siaplah kalau betul ini prank," gumamnya.

Dia buka pintu dan keluar. Suasana sejuk luar biasa, walaupun musim bunga. Dia berjalan perlahan ke arah wanita itu.

"Kau okay?"

Tiada respon.

Bila dia lebih dekat, dia lihat wanita itu tidak menyentuh tanah. Kakinya terapung sedikit. Rambutnya bergerak-gerak walaupun tiada angin. Dari celah rambut, dia nampak sedikit kulit wajah — kelabu pucat, seperti kertas lama yang direndam hujan.

Wanita itu tiba-tiba bersuara, sangat perlahan:

"Satu akan bawa pulang...

Dua akan bawa sesat...

Tiga akan bawa mati..."

Dia menoleh ke belakang. Jalan sunyi. Tiada kereta. Tiada lampu. Tiada dunia.

Bila dia menoleh semula ke depan — wanita itu sudah tiada. Hanya bau hangit dan bunyi seakan keluhan dalam telinganya. Dia kembali ke kereta dan cuba hidupkan enjin — berjaya. Tapi GPS sudah kosong. Paparan hanya memaparkan satu perkataan: "Byeolju."

Dia ambil lorong ke kanan, secara rawak. Lebih baik dari menunggu di tempat yang membuat darah beku.

Tapi selepas sepuluh minit memandu — dia kembali ke tempat sama.

Wanita putih itu kini lebih dekat. Berdiri di tepi jalan.

Dia putuskan untuk ambil kiri. Jalan lebih sempit dan berkelok, seperti hutan memakan dirinya. Tapi bila dia keluar semula, simpang yang sama menyambutnya.

Wanita itu kini berada di tengah jalan. Dan kali ini, dia angkat kepala.

Wajahnya... seperti tidak siap. Tiada mata. Tiada mulut. Hanya kulit licin, kosong, dan retak di beberapa tempat, seperti topeng seramik yang pecah.

Eunjae menjerit dan cuba lari. Tapi dia tidak boleh tinggalkan kereta. Setiap kali dia berjalan menjauh, dia kembali ke tempat sama.

Akhirnya, dia masuk semula dan memandu lurus ke depan, ke arah wanita itu.

Kereta merempuh udara — wanita itu lenyap, dan dunia di sekelilingnya menjadi hitam. Bukan malam — tapi kosong. Seperti dia keluar dari dunia yang dikenalnya.

Radio berbunyi semula. Tapi bukan lagu. Ia suara... tangisan.

Eunjae sedar dia bukan lagi di tempat yang sama. Jalan yang dia lalui kini adalah lorong sempit di antara dua barisan batu nisan. Di kiri dan kanan — tanah perkuburan.

Dia cuba patah balik, tapi cermin pandang belakang tidak menunjukkan apa-apa. Hanya kabus. Dan di dalam cermin sisi — wanita itu duduk di tempat duduk belakang, perlahan-lahan mengangkat kepala.

"Kenapa kau pilih jalan ini?" bisiknya.

Eunjae hilang kawalan, kereta terbabas ke longkang.

Dia bangun di hospital, luka ringan. Tapi sejak itu, hidupnya berubah.

Tiap kali dia melihat simpang jalan — dia akan nampak satu lorong tambahan yang orang lain tidak lihat. Lorong yang seolah-olah memanggilnya.

Dan wanita itu... masih ada. Dalam cermin. Dalam bayang tingkap. Dalam suara radio.

Kerana sekali kau temui Byeolju Gwishin, dia tidak akan lepaskan kau.

Kecuali kau serahkan orang lain... untuk ambil tempatmu.

Rumah Tiga Kali Pindah

Bangunan apartmen 3 tingkat di pinggir Incheon itu sudah lama kosong. Tiada siapa yang mahu menyewa unit B-103 sejak dua tahun lalu. Iklan sentiasa digantung, tapi bila penyewa baru masuk — tak sampai sebulan, mereka keluar dengan alasan berbeza. Ada yang kata lampu menyala sendiri. Ada yang kata bunyi tapak kaki tengah malam. Tapi yang paling pelik... ialah semua penyewa sakit, sama ada secara fizikal, atau mental.

Tapi bagi pasangan muda Jihyun dan Woojin, sewa murah adalah peluang. Mereka baru berkahwin, dan duit yang ada cuma cukup-cukup makan. Unit B-103 murah, luas, dan strategik. Pemilik pun beri harga rendah tanpa banyak soal.

Hari pertama masuk rumah, Woojin perasan satu benda pelik — sebuah mangkuk tembikar kecil di penjuru ruang tamu, diselubungi kain putih dan ada sedikit beras di dalamnya. Jihyun anggap itu sekadar ritual pemilik lama dan menyimpannya ke dalam kabinet dapur.

Malam pertama, Jihyun bermimpi dia berjalan dalam rumah yang sama, tapi setiap pintu yang dibuka membawa ke bilik yang makin gelap dan sempit. Di akhir lorong, ada bayang tubuh tegak berdiri menghadap dinding, berdiri diam. Bila dia menyentuh bahu bayang itu, tubuh itu berpusing — dan tiada wajah.

Dia tersedar dalam peluh. Tapi Woojin tidak berada di sebelahnya. Bila dia keluar ke ruang tamu, dia jumpa suaminya berdiri di penjuru dinding — tempat mangkuk tembikar tadi disimpan. Matanya terbuka luas, tapi kosong. Bila Jihyun panggil, Woojin berpaling perlahan dan bertanya, "Siapa buka pintu dia?"

Keesokan pagi, Woojin tidak ingat apa-apa.

Jihyun menelefon pemilik rumah. Seorang wanita tua yang hanya berkata:

"Jangan sentuh penjuru timur. Jangan pindahkan tembikar. Itu rumah dia."

Tapi Jihyun sudah pun menyimpan tembikar itu. Dan malam demi malam, rumah itu menjadi semakin... hidup.

Lampu bilik mandi menyala sendiri tepat jam 2:16 pagi. Bunyi barang dapur jatuh walaupun tiada siapa di dapur. Dan Jihyun mula mendengar bunyi seperti seruan dari dalam dinding, suara lelaki tua yang tidak jelas, tapi penuh amarah.

Woojin pula semakin murung. Dia mula cakap sorang-sorang, mengulang frasa, "Rumah ini bukan kita punya." Dia menulis nama seseorang di kertas — �� **(Seongju)** — dan meletakkannya di cermin.

Jihyun nekad mengembalikan tembikar ke tempat asal, dan menabur beras baru. Tapi semuanya sudah terlambat.

Pada malam ketujuh, Jihyun terjaga dengan bunyi pintu utama dibuka sendiri. Bila dia keluar dari bilik, dia lihat rumah itu sudah berubah bentuk — dinding seolah menjadi sempit, siling menjadi rendah, dan pintu-pintu dalam rumah membuka sendiri ke arah kegelapan. Dan dari penjuru tembok, sesuatu muncul — tubuh tinggi, berjubah hitam, tanpa wajah, tangannya seperti kayu reput yang merangkak keluar dari lantai.

"Tinggalkan rumahku... atau rumah akan menelanmu."

Woojin rebah dalam keadaan sawan, darah keluar dari telinga. Jihyun menjerit dan melarikan diri keluar rumah, membawa suaminya ke hospital.

Doktor kata Woojin alami tekanan psikosis yang teruk dan trauma neurologi. Tapi bila ditanya apa berlaku, dia hanya mengulang:

"Jangan tinggal tanpa izin Seongju. Jangan tinggal tanpa beri pengganti."

Jihyun kembali ke rumah untuk mengemas. Tapi bila dia masuk, bau busuk dan udara tebal seperti kabus hitam menyambutnya. Dan mangkuk tembikar itu — kini kosong. Kering. Retak.

Dia tinggalkan semuanya. Rumah itu dikunci rapat.

Bulan berikutnya, ada penyewa baru. Keluarga tiga orang. Mereka hanya tinggal enam hari sebelum keluar dengan tergesa-gesa. Si isteri kelihatan trauma, si anak tidak berhenti menangis.

Kini, unit B-103 tidak diiklankan lagi. Pemiliknya kata rumah itu hanya untuk "roh yang tidak suka berkongsi."

Dan dari luar bangunan itu, kalau kau berdiri tepat pada waktu senja, kau boleh nampak bayang seseorang berdiri dalam rumah itu, tegak di penjuru timur, memandang ke dinding.

Menunggu. Menjaga. Menghukum.

Besi Dalam Mimpi

Di sebuah kampus seni bina di Daegu, seorang pelajar lelaki bernama Taehyun menjadi perhatian kerana projek akhir tahunnya yang luar biasa. Tajuknya: Arkitektur Fantasi Korea: Menyatu Tradisi dan Mimpi. Tapi yang paling menarik bukan isi projek itu — tetapi model binaan logam raksasa yang dia cipta secara sendirian selama tiga bulan. Ia kelihatan seperti seekor makhluk berkaki empat, badannya bersisik seperti naga, tapi diperbuat sepenuhnya daripada besi karat dan sisa logam bengkok.

Dia beri nama patung itu: Bulgasari.

"Nama ini aku dapat dari mimpi," katanya. "Makhluk ini muncul dan makan semua benda tajam di dunia — senjata, paku, bilah, hingga tiada siapa mampu mencederakan sesiapa lagi."

Pensyarahnya terpesona, tapi beberapa rakan sekelas menyuarakan rasa tidak selesa. Mereka kata model itu terasa "hidup" — mata logamnya seolah-olah memerhati sesiapa yang lalu.

Dan dari malam Taehyun membawa model itu ke studio kampus, perkara ganjil mula berlaku.

Papan tanda logam di hadapan kampus hilang. Pintu logam tangga kecemasan didapati bengkok dan hilang engsel. Pemotong besi milik pekerja menjadi karat seperti disedut sesuatu — dan setiap kali berlaku, patung Bulgasari itu semakin besar.

Tiada siapa percaya hubungan antara insiden dan patung itu... kecuali seorang pelajar perempuan bernama Nari, rakan Taehyun yang juga berminat dalam mitologi Korea. Suatu malam, dia menunggu Taehyun tertidur dan menyelak buku sketsanya. Di antara lukisan bangunan dan ukiran tradisional, dia menemui siri lukisan makhluk logam yang sama — semakin besar, semakin liar, dan akhirnya, satu lukisan di mana makhluk itu memakan manusia.

Dalam salah satu muka surat, ditulis nota dalam tulisan tangan keras dan tergesa:

"Dia tidak mahu jadi patung. Dia mahu keluar. Aku cuma jadi jambatan."

Nari mula bermimpi.

Dalam mimpinya, kampus mereka terbakar, dan dari tengah-tengah bangunan studio, keluar makhluk besar — Bulgasari — memijak lantai, memakan besi pagar, mengunyah tiang lampu, dan dalam kilauan mata merahnya, dia ternampak wajah Taehyun... melekat di dada makhluk itu. Seolah-olah dia dan makhluk itu sudah bersatu.

Nari cuba bangunkan Taehyun dari gangguan. Tapi Taehyun tidak tidur seperti biasa lagi — dia duduk dalam studio setiap malam, mengimpal logam tanpa rehat. Tangannya luka, matanya merah. Dia mula bercakap dengan patung itu, berbisik sesuatu yang hanya difahami oleh dia dan makhluk yang diam itu.

"Dunia ini perlu dibersihkan dari kejahatan... logam pertama digunakan untuk membunuh. Biar semua senjata lenyap."

Pada malam ke-12 selepas patung itu dipamerkan, kampus blackout sepenuhnya. Pekerja keselamatan terdengar bunyi dentingan kuat dari studio. Bila mereka masuk, mereka lihat patung itu sudah hilang dari tapaknya. Di lantai hanya tinggal cap kaki besi yang dalam dan serpihan dinding yang seperti dikunyah.

Taehyun juga hilang malam itu.

Polis menjumpai hanya telefon bimbitnya, dengan rakaman terakhir: rakaman dari bawah meja, di mana dia sembunyi, nafas tercungap. Dalam video itu, terdengar bunyi seperti logam digesek dan sesuatu bergerak berat. Akhir sekali, suara serak yang bukan milik Taehyun — suara dalam yang dalam:

"Kau bina aku untuk dunia baru. Dan kau yang pertama jadi makananku."

Video tamat dengan skrin hitam dan bunyi seperti logam dikunyah.

Kini, kampus itu ditutup sementara. Tapi di kawasan perumahan sekitar, kereta dilaporkan hilang tanpa kesan tayar. Pagar besi rumah tiba-tiba lenyap. Tangga besi yang condong seperti diragut.

Dan beberapa malam selepas itu, pelajar-pelajar mula bermimpi tentang makhluk logam besar merangkak di atas bumbung kampus. Badannya berasap, matanya membara, dan dari perutnya... keluar suara manusia yang memanggil nama mereka, satu per satu.

"Nari... giliranmu."

Tiket Satu Arah

Do-yun, seorang paramedik muda di Busan, sudah biasa berdepan kematian. Dia lihat orang terhempas, terbakar, lemas, dan tergantung. Tapi semua itu bagi dia cuma sebahagian dari tugas — rutin yang menyakitkan, tapi perlu.

Satu malam, panggilan kecemasan datang dari sebuah flat tua di kawasan Buk-gu. Seorang lelaki tua, hidup sendirian, disyaki terkena serangan jantung. Bila Do-yun sampai, dia dapati pintu rumah terbuka sedikit.

Dan yang anehnya, tiada suara.

Dia masuk perlahan. Bau kapur barus dan ubat lama memenuhi udara. Lelaki tua itu terbaring di atas katil, tubuhnya pucat tapi matanya terbuka — dan senyum.

"Saya panggil bantuan," kata Do-yun sambil menghubungi pusat kecemasan untuk pengesahan.

Lelaki tua itu hanya berkata: "Saya sudah tunggu... tapi dia belum datang. Dia sepatutnya datang malam ini."

"Siapa?"

Lelaki tua memandang ke arah sudut bilik, tempat kosong, dan berbisik, "Jeoseung Saja. Tapi dia masih belum datang... mungkin saya belum cukup mati."

Beberapa saat kemudian, lelaki itu rebah betul-betul. Nafas terakhirnya lepas dengan tenang. Tapi sebelum sempat Do-yun bergerak, lampu rumah terpadam sendiri. Telefon pula hilang signal. Jam tangan beku pada jam 2:22 pagi.

Dan dari penjuru gelap bilik, satu suara muncul.

"Dia sudah sedia. Tapi kau yang melihat dulu."

Do-yun berpaling. Di situ berdiri seorang lelaki tinggi berjubah hitam, wajahnya tidak jelas, seolah kabur seperti bayang dalam mimpi. Tangannya memegang buku kecil dan tongkat panjang.

"Siapa kau?"

"Aku bukan siapa-siapa. Aku cuma... penjemput. Tapi kau yang nampak aku, bukan dia. Maka kau... terpilih."

Do-yun tidak faham. Dia cuba menjerit, cuba keluar dari rumah itu. Tapi pintu tak terbuka. Tingkap pun tidak pecah. Rumah itu seolah-olah sudah jadi ruang menunggu roh, dan dia kini terperangkap di dalamnya.

Dia kembali ke tubuh lelaki tua tadi — tapi jasad itu sudah tiada. Yang tinggal hanya kain putih dibalut rapi, dan nota kecil: "Terima kasih kerana menggantikan aku."

Do-yun ketuk pintu, menendang, menjerit. Tapi tiada siapa dengar.

Jeoseung Saja itu berdiri di penjuru, tenang, tak berganjak. "Setiap malam, satu nama dipanggil. Tapi kadang, bukan nama yang kami jemput... yang ikut."

"Aku belum mati!" Do-yun menjerit. "Aku tak sepatutnya ada di sini!"

"Tapi kau nampak aku. Itu cukup. Hanya mereka yang dekat dengan kematian dapat melihat."

Do-yun menolak. Dia tekad untuk hidup. Dia cuba pejamkan mata, cuba paksa dirinya sedar — seperti ini cuma mimpi. Tapi bila dia buka mata semula, dia bukan lagi di rumah itu.

Dia berada dalam satu koridor panjang. Tiada dinding. Hanya pintu-pintu di kiri kanan, berjajar tanpa hujung. Dan di setiap pintu, dia dengar suara menangis, suara menjerit, suara berbisik.

Jeoseung Saja berjalan perlahan di hadapannya.

"Setiap roh lalu sini. Pilih pintu mengikut beban hidup mereka. Yang terlalu berat... jatuh. Yang ringan... naik. Tapi kau... kau belum daftar."

Do-yun melihat ke tangannya. Ada tiket, tetapi kosong. Tiada nama. Tiada tarikh. Jeoseung Saja menoleh.

"Kau boleh lari. Tapi larian tidak akan bawa kau pulang. Kecuali... kau gantikan tempatmu."

"Tukar dengan siapa?"

Jeoseung Saja senyum. "Dunia ini penuh dengan manusia yang ingin mati. Cari satu. Dan tiketmu boleh kembali kosong."

Do-yun kembali sedar di dunia nyata. Atau dia fikir begitu.

Dia dalam ambulans. Tapi kali ini, dia bukan memandu — dia diusung, terbaring, dengan wajah pucat dan alat oksigen. Di sisinya, seorang paramedik yang tidak dikenali sedang memeriksa denyutannya.

Dia cuba bercakap, tapi tiada suara. Tangannya tidak bergerak.

Dia terperangkap dalam tubuh sendiri — hidup, tapi tidak boleh kawal apa-apa. Doktor kata dia alami "locked-in syndrome." Sedar sepenuhnya, tapi tidak mampu bertindak balas.

Dan setiap malam, tepat 2:22 pagi, Jeoseung Saja muncul di bayang biliknya, berdiri diam. Menunggu.

Do-yun akhirnya faham — dia bukan hidup... cuma belum mati sepenuhnya.

Dan jika dia mahu kembali...

Dia perlu cari seseorang.

Seseorang yang ingin menggantikan tempatnya.

Arus Terakhir

Nama Haejin jarang disebut di sekolah itu. Dia dulu ketua pasukan renang yang sangat berbakat, gadis tinggi, pendiam dan selalu berenang hingga lewat malam. Tapi dua tahun lalu, Haejin mati lemas di kolam renang kampus—seorang perenang, mati dalam air, sendirian.

Kematian itu mengejutkan semua orang. Tiada kamera, tiada saksi. Mayatnya dijumpai terapung senyap, rambut mengembang dan wajah penuh ketenangan aneh. Laporan forensik kata tiada kesan pergelutan, tiada racun, dan tubuhnya seperti... melepaskan diri sendiri dengan rela.

Tapi yang lebih ganjil ialah selepas itu, kolam renang kampus ditutup secara mendadak. Ramai kata ada kejadian aneh — bunyi renangan malam hari, kesan kaki basah di tepi kolam selepas jam operasi, dan pelajar yang demam selepas cuba masuk ke ruang kolam.

Dua tahun berlalu. Sekolah buka semula kolam itu selepas renovasi besar-besaran. Mereka mahu padam "sejarah lama". Tapi pelajar-pelajar senior tahu: roh itu belum tenang.

Soojung, pelajar baru, langsung tak tahu kisah itu. Dia masuk kelab renang sebab mahu lupakan trauma masa kecil — dia pernah hampir lemas ketika umur 8 tahun. Tapi bila dia lihat air, dia rasa ada sesuatu yang panggil dari bawah.

Jurulatih lama sudah diganti, tapi penjaga kolam — Pakcik Bae, yang tua dan bongkok — masih di situ. Bila Soojung tanya mengapa kolam sangat sunyi malam hari, lelaki tua itu hanya berkata, "Air tak pernah lupa orang yang mati di dalamnya."

Malam pertama latihan malam, Soojung tinggal sendiri selepas rakan sepasukannya pulang awal. Dia berenang perlahan, cuba kuasai pernafasan. Tapi setiap kali dia buka mata dalam air, dia nampak bayangan lain di sisi — seseorang berenang selari dengannya. Bila dia naik ke permukaan, tiada siapa.

Loker bajunya selalu basah setiap pagi. Kadang, ada rambut panjang melekat pada baju renang, walaupun dia tak pernah tinggal di kolam semalaman. Dan telefon bimbitnya mula menunjukkan mesej aneh:

"Turunlah. Aku rindukan kamu."

Dia fikir ia gurauan. Tapi mimpi-mimpinya mula berubah — dia lihat seorang gadis di dasar kolam, rambutnya menari-nari, mata terbuka, tapi tubuhnya tidak reput. Haejin. Wajah yang sama dari gambar kenangan kelab renang.

Pada malam keempat, Soojung akhirnya tenggelam semasa latihan solo. Dia kata dia merasakan ada tangan memegang kakinya dari bawah. Bila dia diselamatkan, doktor kata dia panik. Tapi Soojung tahu apa yang dia alami.

Pakcik Bae akhirnya ceritakan segalanya.

"Dulu, sebelum mati, Haejin ada bertengkar dengan teman lelakinya. Dia menangkap lelaki itu curang. Dia putuskan untuk berhenti renang. Tapi malam itu, dia masuk kolam seorang diri. Dia kata, 'Kalau aku tiada siapa di darat, biar aku ada seseorang di bawah air.' Sejak itu... sesiapa yang berenang waktu lewat malam, dia akan cuba tarik."

Soojung nekad untuk akhiri semua. Dia kembali ke kolam selepas tengah malam. Dia bawa garam, lilin, dan gambar Haejin dari papan kenangan.

Dia berdiri di hujung papan terjun dan berkata, "Aku tahu kau tunggu. Tapi aku bukan milik kau. Kau bukan keseorangan."

Air tenang... terlalu tenang. Tapi bila dia jeling ke dalam kolam, terdapat sepasang mata yang terbuka sedang memandangnya dari dasar.

Dia melompat.

Dalam air, dunia jadi sepi. Dia tak tahu berapa lama dia di bawah, tapi bila dia buka mata, Haejin berada di hadapannya — senyum.

"Akhirnya kau datang."

Soojung cuba berenang naik, tapi tubuhnya berat. Tangan Haejin memegang pergelangan kakinya. Wajahnya indah, tapi matanya kosong. Tanpa emosi. Seperti kaca.

"Kenapa kau tarik aku?"

"Aku tak nak sendirian."

"Aku bukan orangnya."

"Semua orang akan jadi seseorang... bila dia tenggelam cukup lama."

Soojung hampir kehabisan nafas. Tapi tiba-tiba, satu suara lelaki bergema dalam air. Pakcik Bae, dari atas, membaca doa yang hanya orang tua tahu. Garam dilemparkan ke dalam kolam. Dan Haejin... mula merekah.

Kulitnya retak seperti cermin, dan tubuhnya menghilang menjadi gelembung air.

Soojung diselamatkan sekali lagi. Tapi sejak itu, dia berhenti renang.

Kolam itu kini ditutup secara kekal. Airnya dikeringkan, jubinnya dipecahkan dan tempat itu dijadikan taman kecil.

Tapi setiap kali hujan turun lebat... ada kesan dua kaki berair menuju ke tempat itu. Dan di pagi hari selepas ribut, pengawal kampus akan menemui satu helai rambut panjang... basah... di bangku taman.

Emas di Lantai Dua

Di sebuah bandar kecil di Chuncheon, ada kedai emas lama yang hampir tidak dikenali generasi baru. Pemiliknya, Encik Baek, seorang tukang emas warisan, tinggal seorang diri di bangunan dua tingkat — bawahnya bengkel emas, atasnya kediaman yang dibiarkan kusam dan berkunci rapat.

Orang kata dia pernah kaya. Tapi isterinya mati mengejut dalam tidur, anaknya lari entah ke mana, dan sejak itu, Encik Baek terus berubah. Jarang keluar. Tapi setiap malam, bunyi ketukan logam dan jeritan perlahan terdengar dari tingkat atas — walaupun tiada siapa dibenarkan naik ke sana.

Satu hari, seorang pemuda bernama Jinwoo, pelajar kolej yang kesempitan kewangan, ditawarkan kerja sambilan di kedai itu. Tugasnya mudah: sapu kedai, bungkus barang, kadang-kadang hantar barangan kepada pelanggan.

"Jangan naik ke tingkat dua," pesan Encik Baek. "Kalau terdengar bunyi... abaikan."

Jinwoo mengangguk. Tapi larangan itu... yang membuatkan dia semakin ingin tahu.

Malam ketiga, semasa dia menyapu lantai, dia terdengar bunyi seretan logam dari atas. Seperti rantai besar diseret di atas lantai kayu. Kemudian bunyi ketukan... seperti seseorang memaku peti.

Jinwoo tahan. Tapi bila dia lihat pintu tangga tak berkunci, dan bau logam hangit turun ke bawah... dia tergerak naik. Satu langkah demi satu.

Tingkat dua gelap. Cuma ada cahaya malap dari celah bilik. Bila dia menjenguk masuk, dia nampak peti besi besar, tertanam dalam lantai kayu. Di sekelilingnya — lingkaran garam, lilin cair, dan cebisan kain putih yang ditulis huruf hanja lama.

Dan di atas peti itu... duduk patung emas kecil, berbentuk wanita bertanduk dengan tangan terlipat — matanya terbuka sedikit... seperti memerhati.

Tiba-tiba suara tua memecah senyap.

"Kau dah langgar sumpah, anak muda."

Encik Baek berdiri di belakangnya. Wajahnya bukan marah — tapi penuh ketakutan.

"Kenapa ada benda macam ni di sini?" Jinwoo tanya.

Encik Baek menarik nafas panjang. "Dulu, semasa muda, aku ke Vietnam cari emas tinggalan perang. Aku jumpa peti ini, tertanam dalam tanah bersama tiga mayat. Aku bawa pulang... dan sejak itu, satu-satu keluarga aku mati."

Dia memandang patung itu. "Itu Geumjo — penjaga emas sumpahan. Dia tak akan lepaskan orang yang sentuh harta dia."

Jinwoo ketawa kecil, menganggap cerita itu cuma khayalan orang tua. Tapi dia perasan — dari sudut mata patung itu, air mata darah menitis.

Keesokan pagi, Encik Baek ditemui mati tergantung di tingkat bawah. Di tangannya — kunci peti besi. Polis anggap itu bunuh diri akibat tekanan dan usia.

Kedai itu ditutup sementara. Tapi Jinwoo, yang kini perlukan wang lebih untuk kelangsungan hidup, pecah masuk malam itu untuk ambil emas dari peti yang dia pernah lihat.

Dia potong lilin-lilin, sapu garam, dan buka peti perlahan-lahan. Di dalamnya, emas bertimbun. Cincin. Kalung. Jongkong kecil. Semuanya tua dan berukir halus. Dan di tengah emas itu — tengkorak kecil yang disadur emas.

Dia ambil seberapa banyak yang boleh dan keluar. Dalam perjalanan pulang, dia rasa lega. Dia kira hantu itu cuma cerita dongeng.

Tapi malam itu... mimpi Jinwoo berubah jadi mimpi ngeri.

Dia melihat dirinya terapung dalam sungai emas cair. Dari tebing, patung wanita tadi kini hidup — tubuhnya membesar, matanya terbuka merah menyala, dan kuku emasnya menuding ke arahnya.

"Kau sentuh yang bukan milikmu. Kini kau... milikku."

Dia tersedar, peluh basah seluruh tubuh. Tapi emas yang dia simpan... telah bertukar menjadi debu.

Dan tubuhnya, perlahan-lahan, ditumbuhi luka terbakar, walau dia tak pernah cedera. Bila dia menghadap cermin, mata kirinya kini berwarna kuning keemasan.

Setiap malam, dia mendengar suara dari peti asal: bunyi dentingan, bisikan dalam bahasa yang dia tak faham, dan nama dia dipanggil... semakin kuat.

Polis temui Jinwoo tiga hari kemudian — mati terduduk, tubuh keras seperti logam, dan tangan menggenggam segumpal rambut emas yang tumbuh dari matanya sendiri.

Kedai itu kini ditutup kekal. Peti besi masih di situ.

Dan di kaca hadapan, jika kau datang tepat jam 3 pagi, kau akan lihat bayangan wanita emas berdiri diam, matanya bercahaya — menunggu pencuri baru.

Ritual di Dapur

Keluarga kecil Minji baru saja berpindah ke rumah pusaka lama milik suaminya di kawasan luar bandar di Jeollanam-do. Rumah itu dibina pada era Joseon dan disimpan rapi oleh nenek mentuanya yang baru meninggal dunia sebulan lalu. Suaminya, Daehan, kata rumah itu ada "penjaga" tersendiri. Minji ketawa kecil. Dia bukan jenis yang percaya benda-benda halus.

Tapi dari hari pertama, Minji perasan sesuatu yang ganjil — dapur rumah itu sangat bersih. Terlalu bersih. Tiada habuk, tiada sawang, dan setiap perkakas lama disusun sempurna. Lebih aneh, ada arca kecil diperbuat dari tanah liat yang diletakkan di belakang dapur, tersorok sedikit di celah dinding batu.

"Jangan sentuh itu," kata Daehan. "Itu Jowangshin. Nenek selalu beri dia persembahan seminggu sekali. Katanya, dia pantau dapur dan hati orang."

Minji senyum sinis. Tapi pada malam pertama mereka memasak di rumah itu, sesuatu berlaku. Walaupun mereka tutup dapur gas, bau bawang hangus dan darah rebus mula menyelinap ke seluruh rumah. Bila diperiksa, tiada punca. Minji perasan satu hal — patung tanah liat itu kini menghadap ke kiri, sedangkan tadi menghadap ke depan.

Dia anggap itu hanya ilusi.

Malam demi malam, dapur mula "hidup".

Sudip jatuh sendiri. Api dapur menyala tiba-tiba. Pisau beralih tempat. Dan Minji mula mendengar bisikan ketika memotong bawang — suara wanita tua, perlahan, seolah membisik sesuatu ke telinganya:

"Jangan bohong. Dia tahu."

Minji makin tertekan. Dia mula pertikai mentalnya sendiri. Tapi kemuncaknya tiba apabila dia bergaduh dengan Daehan. Suaminya marah-marah dan keluar malam, tinggalkan dia bersendirian di rumah.

Pada malam itu, Minji duduk di dapur sambil termenung. Tiba-tiba dia tercium bau sangat busuk — campuran bau ikan lama, darah, dan abu terbakar. Bila dia berpaling, patung Jowangshin telah berubah posisi. Kini ia menghadap ke arah sinki. Dan di sinki itu... ada tangan manusia terjulur keluar.

Dia menjerit, berlari, dan pengsan.

Bila dia sedar, Daehan di sisi. Dia cuba terangkan apa yang dilihat, tapi suaminya kata:

"Kau tak sepatutnya buka rahsia dapur ini. Nenek simpan benda tu sebab dosa keluarga kami banyak. Jowangshin bukan hantu... dia pengintip. Dan bila dia marah, dia bukan lapor ke syurga. Dia hukum sendiri."

Minji bingung. Tapi malam itu, dia curi-curi keluar dan korek kawasan belakang dapur. Di bawah tanah, dia temui satu kotak kayu lama — di dalamnya, gigi manusia, cebisan rambut, dan nota bertulis hanja: "Dosa darah ditelan api dapur."

Dia melarikan diri ke bandar, kembali ke rumah ibunya. Tapi sejak itu, setiap kali dia cuba masak sesuatu, api dapur hidup sendiri. Kadang-kadang, pisau di rumahnya berdiri tegak di papan pemotong. Dan kadang, bila dia membuka peti sejuk... muka nenek mentuanya muncul di belakang cermin kaca.

Dua minggu kemudian, Minji pulang ke rumah asal untuk berdepan segalanya. Tapi rumah itu sunyi. Daehan tiada. Di dapur, semuanya bersih semula.

Kecuali satu benda — patung Jowangshin kini berdarah, dari mata dan mulut.

Dan di bawahnya, nota kecil:

"Dosa telah diperhatikan. Hukum telah dijalankan. Sekarang... giliranmu."

Polis kemudian menemui mayat Daehan — terbakar dalam ketuhar, seluruh tubuh rentung kecuali tangannya yang menggenggam cincin kahwin Minji.

Rumah itu kini ditinggalkan.

Dan jika kau masuk ke dapurnya saat senja, kau akan dengar bunyi sudip bergerak sendiri, dan bayangan wanita tua membongkok sedang memasak... sambil memandang terus ke arahmu tanpa bergerak.

Kembar di Tingkap

Yuri, seorang jururawat di klinik bersalin swasta di Gangneung, sangat berdedikasi dalam tugas. Tapi sejak kehilangan kandungan pertama setahun lalu, dia menjadi lebih sunyi, pendiam, dan kadang-kadang termenung ketika memegang bayi orang lain. Suaminya, Taemin, seorang jurugambar bebas, cuba menyibukkan diri agar tak terus teringat kejadian pahit itu.

Pada suatu malam Oktober, hujan turun lebat. Yuri terpaksa ambil giliran malam di wad kanak-kanak selepas seorang jururawat lain terpaksa pulang awal. Pukul 2 pagi, dia membuat rondaan dan terdengar tangisan bayi yang berulang-ulang dari bilik No. 6 — bilik yang sepatutnya kosong selepas bayi pasangan Kim dipindahkan ke hospital daerah pagi tadi.

Yuri buka pintu perlahan.

Tapi yang anehnya... ada dua bayang tubuh kecil di bawah cahaya biru alat penyinaran, seolah-olah dua anak kembar sedang berbaring. Bila Yuri menghampiri, hanya seorang bayi yang benar-benar ada. Yang satu lagi? Bayang itu lenyap.

Dia ambil bayi itu dan membawanya ke bilik jururawat. Ketika memeriksa tanda pada pergelangan tangan, dia dapati tag itu bertulis nama aneh — Jinhee & Jinah, nama sepasang kembar.

Sedangkan dalam rekod klinik — tiada kelahiran kembar dalam seminggu terakhir.

Yuri mula diganggu mimpi. Dalam mimpinya, dia berada di bilik bersalin, tapi suara bayi datang dari dua arah bertentangan. Bila dia berpaling ke kiri, bayi menangis. Bila ke kanan, suara tawa kecil yang serak. Dan ketika dia tunduk, dua tangan bayi merayap naik ke wajahnya, menekan matanya.

Dia terjaga dengan mata lebam, seperti dipukul dari dalam.

Semakin hari, gangguan menjadi nyata. Peralatan bayi bergerak sendiri. Mainan berpusing tanpa disentuh. Dan setiap kali dia lalu depan cermin wad bayi, dia akan nampak dua kanak-kanak perempuan berdiri di belakangnya, walaupun ruang itu kosong.

Yuri bertanya kepada jururawat senior, Nurse Kang, tentang kejadian pelik itu. Wanita tua itu terdiam lama sebelum berkata:

"Tujuh tahun lalu, ada pasangan kembar lahir di sini. Tapi salah satu bayi mati ketika proses kelahiran. Ibu mereka tak terima kenyataan. Dia sembunyi jasad bayi yang mati, letak di dalam laci katil selama dua hari... sambil menjaga si kembar yang hidup seolah tiada apa berlaku."

"Akhirnya, bayi kedua pun mati — lemas, dalam pelukan ibunya sendiri. Polis kata itu kemalangan, tapi ibu itu... kata begini: 'Kalau mereka tak boleh hidup berdua... biar mereka mati bersama.'"

Sejak itu, kata Nurse Kang, bilik No. 6 jadi tempat mereka muncul—mencari pengganti.

Yuri, yang masih trauma kerana kegugurannya, makin merasai tarikan aneh setiap kali masuk bilik itu. Kadang, dia terdengar suara dua kanak-kanak kecil berbisik:

"Kau boleh jadi ibu kami."

Dan lebih menyeramkan — cermin-cermin bilik akan menunjukkan bayang dirinya sedang mendukung dua anak perempuan, sedangkan tangan dan tubuhnya kosong.

Pada suatu malam, ketika Yuri bersendirian di bilik No. 6 untuk membuang sisa lampin, lampu bilik tiba-tiba terpadam. Dalam gelap, suara bayi kedengaran sangat dekat... di telinganya.

"Kalau ibu tak mahu... kami akan cari yang baru."

Dan ketika lampu menyala semula, katil itu penuh dengan bekas tapak kaki kecil berlumuran darah.

Yuri cuba keluar dari klinik. Tapi pintu utama terkunci. Lampu-lampu terpadam satu demi satu. Dan dari lorong hujung — dua anak kembar berambut panjang berjalan perlahan ke arahnya. Salah satu wajah mereka senyum, yang satu lagi tidak punya mata.

Yuri merayu. "Saya tak pernah mahu gantikan anak saya. Saya bukan ibu kalian."

Tapi mereka hanya mendekat dan berkata, serentak:

"Kalau bukan kamu... siapa lagi yang boleh sayang kami berdua?"

Tiba-tiba, suara tangisan bayi bergema dari tingkat atas. Ketika Yuri mendongak, dia terlihat bayang dua kanak-kanak tadi memanjat dinding luar klinik, masuk melalui tingkap.

Pihak klinik menemui Yuri terbaring tidak sedarkan diri di dalam bilik bersalin keesokan paginya. Dia mengalami kecederaan ringan, tapi yang paling aneh—doktor mengatakan dia kini hamil... kembar.

Ultrasound awal menunjukkan dua janin perempuan. Kedua-duanya... dengan kedudukan tangan yang seperti sedang berpaut antara satu sama lain.

Yuri tidak pasti sama ada dia harus gembira... atau takut.

"Anakku di Mana?"

Malam itu sunyi di Hospital Wonju. Hujan gerimis turun perlahan. Eunchae, seorang jururawat baru, mengambil giliran malam di wad bersalin, menggantikan rakannya yang demam. Ini adalah malam pertamanya bersendirian menjaga empat bayi di bilik nurseri.

Semua tampak normal — bayi tidur lena, mesin pemantau tidak berbunyi, dan jam berdetik perlahan menuju ke 2 pagi.

Tapi tiba-tiba, Eunchae terdengar ketukan perlahan di tingkap kaca, walaupun bilik itu di tingkat tiga. Bila dia menghampiri, tiada sesiapa. Tapi di permukaan tingkap, terpampang kesan tapak tangan, kecil... dan berdarah.

Dia menganggap itu bayangan. Hujan, mungkin. Tapi beberapa minit kemudian, bunyi tangisan bayi kedengaran dari bilik kosong di hujung koridor — bilik yang telah ditutup sejak kes kematian bersalin minggu lalu.

Eunchae pergi menyiasat. Lampu bilik itu masih menyala redup. Kosong. Tapi bau besi dan darah masih belum hilang dari dinding. Di katil tengah, tilamnya basah — tapi bukan air. Susu ibu.

Ketika Eunchae berpaling hendak keluar, dia terdengar suara serak, sangat perlahan, dari sudut gelap:

"Anakku... di mana... anakku..."

Dia berlari ke bilik jururawat. Tapi telefon mati. Skrin hanya berkelip, memaparkan satu frasa berulang kali:

"Omma... Omma... Omma..."

Dia kembali ke nurseri.

Tapi salah satu bayi... hilang.

Dia panik. Mencari dalam pantri, bilik linen, tandas — tiada. Sampai dia masuk semula ke bilik bersalin lama, dia lihat seorang wanita berpakaian hospital, rambut menutupi muka, sedang mendukung bayi... sambil menyanyi lagu kuno dalam bahasa Korea.

"Ttidari ttadari ttattari ya... anak ibu jangan menangis... malam ini ibu pulang..."

Eunchae menjerit: "Itu bukan anak kau! Letak balik!"

Wanita itu memaling wajah. Mukanya pucat sepenuhnya, matanya hitam legam, bibirnya koyak hingga ke pipi. Tapi tangannya... menyentuh bayi itu dengan penuh kasih sayang.

"Bukan? Tapi aku mati melahirkannya... aku masih boleh mencium susu dari tubuhku... dia masih milikku."

Eunchae cuba merampas bayi itu. Tapi wanita itu menghilang di depan matanya — dan bunyi pintu besi bilik bersalin tertutup rapat. Bayi itu... kembali ke katilnya, menangis. Tapi bau susu dan darah masih kuat di tubuhnya.

Pagi esok, doktor dan jururawat datang. Bila Eunchae ceritakan semuanya, ramai menggeleng. Tapi jururawat paling lama, Ibu Jo, memanggilnya ke tepi dan berbisik:

"Dulu ada seorang ibu muda, meninggal ketika melahirkan anaknya di bilik itu. Suaminya tak mahu anak itu. Dia serahkan terus kepada ibu angkat. Sejak itu, roh ibu itu tak tenang... dia tak pernah sempat peluk anaknya. Dia cari semula, malam demi malam."

"Nama roh itu, kami panggil Omaebi... dia tak jahat, tapi dia tak tahu dia dah mati."

Sejak itu, Eunchae sering nampak wanita yang sama berdiri di lorong gelap hospital, di luar bilik bayi. Tak bergerak. Tak berkata apa-apa. Tapi dari bibirnya... selalu terdengar dua patah perkataan:

"Anakku... anakku..."

Dan pada suatu malam, seorang ibu yang baru bersalin terjaga dari tidur dan menjerit. Bila doktor masuk, dia kata: "Saya nampak wanita dalam gaun hospital memandang anak saya dan menangis. Tapi... tiada bayang tubuhnya. Cuma wajah."

Hospital itu kini letak kamera CCTV tambahan di bilik bayi. Tapi setiap rakaman malam akan menunjukkan bayangan putih yang melintasi katil bayi pada jam 2:17 pagi. Tanpa bunyi. Tanpa jejak.

Dan jika seseorang baru sahaja kehilangan anak... dan hatinya masih luka... Omaebi akan tahu.

Dia akan datang.

Gaun Putih di Bilik 9

Di tengah kawasan Gunpo yang semakin moden, sebuah rumah rehat lama masih berdiri dengan papan tanda berkarat: "Yeonghwa Inn — Rumah Tumpangan Warisan." Ia milik seorang wanita tua, Halmeoni Seo, yang mengekalkannya sejak 1960-an. Ramai sudah tidak menginap di situ, kecuali pelancong tua yang ingin rasa zaman silam.

Jisoo, seorang penulis blog pelancongan seram, menyewa semalam di sana untuk menyiapkan artikel bertajuk: "Tempat Penginapan Berhantu Korea Selatan." Dia pernah dengar desas-desus tentang Bilik 9 — kononnya, pengantin perempuan pernah mati di situ sebelum majlis perkahwinannya. Tapi tiada siapa tahu kisah sebenar, kerana tiada rekod kematian.

Halmeoni Seo hanya pesan satu perkara ketika serahkan kunci:

"Jangan buka cermin almari jika terdengar lagu kahwin."

Jisoo anggap itu sekadar gimik. Tapi malam itu, dia terbangun jam 2:14 pagi, kerana terdengar suara muzik piano perlahan. Lagu yang sangat dikenalinya — lagu perarakan perkahwinan.

Dia bangun perlahan. Lampu bilik berkelip. Dan dari cermin almari... terdengar ketukan lembut.

Dia dekati cermin. Ia kelihatan berkabus... dari dalam.

Tiba-tiba, muncul bayangan wanita dalam gaun pengantin lama — berenda putih, lengan panjang, wajahnya kabur... tapi darah menitis di mukanya.

Dia tidak bergerak. Hanya memandang.

Ketika Jisoo cuba undur, cermin itu terbuka sendiri, dan udara sejuk melanda bilik. Bayangan itu melangkah keluar, perlahan, tangan terjulur ke depan.

"Di mana cincinku..."

Jisoo menjerit dan menutup pintu almari kembali, mengunci dengan tali kasut. Tapi suara itu tidak hilang.

"Aku menunggu... di kamar pengantin... aku belum sempat bahagia..."

Dia tertidur dengan tubuh menggigil.

Keesokan pagi, dia dapati sepucuk surat lama tergantung di pintu bilik. Kertasnya rapuh, dan tulisannya pudar:

"Yeonghwa, maafkan aku. Aku tak pernah mahu tinggalkanmu di altar. Tapi mereka paksa aku kahwin dengan yang lain. Aku kini jauh di utara, tapi hati aku tinggal di bilik ini. Maafkan aku. – Jinwoo"

Jisoo bertanya kepada Halmeoni Seo tentang surat itu. Wanita tua itu hanya menunduk.

"Itu surat lelaki yang lari dari perkahwinan. Pengantin perempuan itu... Yeonghwa... menunggu tiga hari dalam bilik 9. Bila dia tahu lelaki itu takkan datang, dia gantung diri... dengan gaun pengantinnya."

Sejak itu, setiap kali ada wanita muda yang tidur di bilik 9, roh Yeonghwa akan muncul — bukan untuk menakutkan, tapi mencari cincin pengikat janji yang tak sempat disarung.

Tapi jika wanita itu ada kisah cinta yang gagal... roh Yeonghwa akan percaya itu cerita dirinya sendiri, dan menuntut agar cinta itu disempurnakan — walaupun dengan mengambil tubuh wanita itu.

Jisoo tidak pernah menyiarkan artikel tentang tempat itu. Tapi dia terus bermimpi... berdiri di altar, memakai gaun putih, dengan jemputan semua berpakaian hitam.

Dan dari hujung lorong perkahwinan, Yeonghwa berdiri, mata kosong, menghulurkan cincin emas tua... sambil berkata:

"Kini... giliranmu yang tunggu."

Tempat Duduk Kosong di Tingkat Tiga

Gyuri baru berpindah ke Sekolah Menengah Namsan selepas tragedi di sekolah lamanya — kawan baiknya, Yoonji, melompat dari bumbung bangunan asrama selepas dibuli selama berbulan-bulan. Sejak itu, Gyuri beralih menjadi pendiam, tak suka bersosial dan lebih banyak menulis puisi kelam dalam buku kecil yang tak pernah ditunjuk sesiapa.

Kelas barunya kelihatan biasa... kecuali satu hal: di baris paling hujung, dekat tingkap, ada satu tempat duduk kosong yang tak pernah diduduki sesiapa. Tapi kerusi itu tetap disusun rapi setiap pagi. Bila ditanya, cikgu hanya berkata:

"Tempat itu... kita biarkan kosong untuk menghormati pelajar yang pernah duduk di situ."

Tiada nama, tiada gambar peringatan. Hanya... kekosongan.

Pada minggu pertama, Gyuri mula melihat pantulan wajah dalam tingkap semasa waktu rehat, walaupun tiada sesiapa duduk di sebelahnya. Seorang pelajar perempuan — rambut panjang, wajah pucat, seragam kusut... tersenyum kecil. Bila Gyuri berpaling, tiada siapa di situ.

Lalu pada malam hujan lebat, semasa sesi ulang kaji lewat di perpustakaan sekolah, Gyuri terdengar bisikan:

"Kau faham perasaan aku... kan?"

Dia memandang sekeliling. Di rak paling belakang, seorang pelajar perempuan sedang berdiri... wajahnya dikenali. Ia seakan wajah Yoonji. Tapi bukan. Ini wajah yang lebih tua... penuh luka di pergelangan tangan, mata yang tak berkelip.

"Aku pun dulu macam kau. Sunyi. Terpinggir. Tapi ada jalan keluar..."

Gyuri cuba lari. Tapi jalan keluar terkunci. Bila dia pandang balik, pelajar itu duduk di tempat kosong yang sama di kelasnya, bersandar perlahan, dan berkata:

"Teman aku... satu langkah saja."

Keesokan pagi, Gyuri bercerita kepada guru kaunseling. Tapi wanita itu kelihatan pucat. Dia menunjukkan gambar lama murid-murid sekolah. Satu wajah menyerlah — Lee Haneul, pelajar yang membunuh diri lima tahun lalu kerana cinta tak kesampaian dan tekanan keluarga. Dia lompat dari tingkat tiga... dari tingkap yang sama dengan tempat duduk kosong itu.

Dan sejak itu, pelajar yang duduk di sebelah tingkap itu... sering terdengar bisikan, mimpi untuk "terbang", dan keinginan untuk "rehat selamanya."

Tiga pelajar sudah dipindahkan dari tempat itu kerana kemurungan melampau.

Gyuri diberi pilihan untuk tukar tempat. Tapi dia enggan. Entah kenapa, dia faham rasa itu. Rasa tak dipedulikan. Rasa mahu menghilang.

Malam demi malam, bayang Haneul semakin jelas. Mereka berbual dalam mimpi. Cerita cinta. Cerita luka. Cerita ketidakadilan. Hingga satu malam, Haneul berkata:

"Kita boleh bersama. Kalau kau duduk di sini... selamanya."

Gyuri naik ke tingkat tiga, malam itu. Berdiri di tingkap. Angin sejuk membelai wajahnya. Haneul berdiri di sebelahnya, senyum.

"Hanya satu langkah, dan semuanya akan selesai."

Tapi ketika Gyuri hendak melangkah, dia teringat puisi yang dia tulis sendiri. Bukan puisi sedih... tapi puisi harapan, satu-satunya yang dia simpan dari Yoonji.

"Langit yang kelabu masih langit — walau diselubung awan, ia tetap di atasmu. Jangan terbang terlalu awal."

Dia menjerit. Mundur. Lari.

Hari ini, Gyuri masih di sekolah itu. Tapi tempat duduk di hujung... masih kosong.

Dan setiap tahun, pelajar baru akan bertanya mengapa tiada sesiapa duduk di situ.

Dan mereka akan dijawab dengan senyuman hambar:

"Tempat itu... sudah ada penghuninya."

Jika kau lihat ke tingkap waktu hujan, kau mungkin nampak dua pelajar perempuan. Satu nyata. Satu tidak.

Dan jika kau rasa suara di kepalamu berkata: "Kau tak keseorangan..."

Hati-hati.

Kerana Cheongchun Gwishin sentiasa mencari... seorang teman yang memahami penderitaannya.

Gumiho (���) – Cerita Satu

Rubah ekor sembilan yang boleh bertukar menjadi wanita cantik untuk memperdaya manusia, sering kali memakan hati atau jiwa lelaki. Ada versi yang ingin menjadi manusia melalui cinta sejati.

Arang dan Magistrat (��� ���)- Cerita Dua

Arang ialah roh seorang gadis bangsawan yang dibunuh dengan kejam dan bangkit untuk menuntut keadilan. Magistrat (hakim daerah) yang berani membantu akan terlibat dalam menyiasat kematian misterinya.

Cheonyeo Gwishin (����)- Cerita Tiga

Hantu wanita muda yang mati sebelum berkahwin. Sering berpakaian putih, berambut panjang, dan menghantui lokasi sunyi, mewakili kesedihan cinta tak kesampaian.

Mujang Gwishin (����)- Cerita Empat

Roh tentera atau askar yang mati dalam perang tanpa pengebumian sempurna. Mereka menghantui lokasi pertempuran, membawa trauma kematian yang tidak tertutup.

Uiryeong Gwishin (����)- Cerita Lima

Roh yang mati dibunuh secara tidak adil dan menuntut pembalasan. Mereka kerap kembali ke tempat kejadian untuk mengganggu pelaku atau keturunannya.

Sasin (��)- Cerita Enam

Dewa kematian dalam budaya Korea, kadangkala dipanggil 'Grim Reaper'. Tidak jahat, tetapi menjemput roh pada waktu yang telah ditentukan. Kehadirannya menandakan ajal semakin hampir.

Janghwa & Hongryeon (�� ��)- Cerita Tujuh

Sepasang adik-beradik perempuan yang mati dibunuh oleh ibu tiri mereka. Kisah mereka sangat terkenal sebagai legenda seram mengenai pengkhianatan dan pembalasan roh.

Byeolju Gwishin (����)- Cerita Lapan

Roh yang tinggal dalam ruang atau bilik tertentu dan tidak boleh meninggalkan kawasan itu. Boleh bersifat melindungi atau menghukum jika ruangnya diceroboh.

Seongju (���)- Cerita Sembilan

Dewa penjaga rumah tangga, biasanya 'bersemayam' di tiang utama rumah. Jika dihormati, membawa keberkatan. Jika diabaikan atau dihina, boleh menyebabkan gangguan.

Bulgasari (����)- Cerita Sepuluh

Makhluk mitos berbentuk raksasa logam, kononnya tak dapat dihancurkan. Dicipta daripada kepercayaan rakyat sebagai simbol kekuatan dan ketakutan terhadap ketamakan manusia.

Jeoseung Saja (����)- Cerita Sebelas

Penghantar roh ke alam akhirat — entiti berkepala hitam yang menyeru roh ketika ajal tiba. Tidak selalu ditakuti, tetapi kehadirannya menandakan maut sudah pasti.

Mul Gwishin (���)- Cerita Dua Belas

Hantu air, biasanya roh yang mati lemas dan mencari mangsa untuk dijadikan pengganti. Sering muncul di tasik, sungai, atau kolam yang sunyi.

Geumjo (����)- Cerita Tiga Belas

Roh yang menjaga emas atau harta terkutuk. Boleh muncul dalam bentuk patung, suara, atau bayangan. Menjadi sangat marah jika harta itu disentuh atau dicuri.

Jowangshin (���)- Cerita Empat Belas

Dewa dapur yang mengawasi segala perbuatan dan rahsia dalam rumah. Kepercayaan mengatakan Jowangshin akan melaporkan dosa manusia ke alam selepas mati jika tidak dihormati.

Ssanghwa Gwishin (����)- Cerita Lima Belas

Roh kembar yang mati bersama atau salah seorang mati terlalu awal. Jika tidak ditenangkan, mereka akan menghantui dengan sifat menuntut keseimbangan — sama ada kasih sayang... atau nyawa.

Omaebi (���� ��)- Cerita Enam Belas

Roh seorang ibu yang mati semasa bersalin dan kembali untuk mencari anaknya. Muncul sebagai wanita berpakaian hospital atau berselimut kain putih, merintih memanggil "anakku..."

Gaksi Gwishin (����)- Cerita Tujuh Belas

Hantu pengantin perempuan yang mati sebelum sempat berkahwin. Berpakaian gaun perkahwinan tradisional, menghantui lokasi perkahwinan gagal dan menuntut pengganti untuk "melengkapkan janji."

Cheongchun Gwishin (����)- Cerita Lapan Belas

Hantu remaja yang mati muda — sering akibat bunuh diri kerana tekanan, cinta terlarang, atau penderaan. Muncul sebagai pelajar yang kelihatan normal, tetapi membawa kehancuran emosi kepada mereka yang "memahaminya."

Don't miss out!

Visit the website below and you can sign up to receive emails whenever Jack P Sri publishes a new book. There's no charge and no obligation.

https://books2read.com/r/B-A-WZWUD-BWBPG

BOOKS 2 READ

Connecting independent readers to independent writers.

Also by Jack P Sri

The Black Plague
The Golden Heart Adventures
Jangan Main-Main Spirit of a Coin
Spirit of a Coin You Played, You Paid
Ghost Dad
Koleksi Cerita Hantu Korea
Korean Ghost Stories
Malaysian Ghost Stories
Japan Ghost Stories
Koleksi Cerita Hantu Jepun
Indonesian Ghost Stories
Indian Ghost Stories

About the Author

Jack P Sri is a storyteller driven by curiosity, emotion, and the thrill of exploring the unknown. With a passion for blending psychological depth and speculative horror, he crafts stories that take readers beyond the veil of reality—into worlds where fear, memory, and hope collide.

When not writing, Jack P Sri enjoys meaningful moments with his wife and daughters, drawing inspiration from their love and laughter. A believer in the power of imagination, he writes for those who crave stories that challenge limits and linger long after the last page.

www.ingramcontent.com/pod-product-compliance
Lightning Source LLC
LaVergne TN
LVHW042052051026
849517LV00012B/992
* 9 7 9 8 2 3 1 2 0 5 1 7 2 *